U0737410

你住几支路

隆玲琼 著

长江出版传媒

长江文艺出版社

隆玲琼

土家族，1983年生，重庆石柱人，现居重庆丰都。作品散见于《诗刊》《红岩》《星星》等刊，入选多个年度选本，获第八届重庆少数民族文学奖。

神秘的灵性

野　渡

神秘主义这个词的溯源之一来自希腊词语"闭上"，闭上肉体的眼睛，打开心灵的视觉，展开另一类接触。在科学和唯物主导秩序的近当代史中，神秘主义从古典时代的无处不在、人人信仰，缩回到生活的偏僻处藏身。虽然当今仍然有很多持有神性主义观念的人，在非主流生活中以玄想冥思、唯灵巫术甚至占星或者自然魔术之类的方式，小众地影响着我们的生活，但对科学的执信，让我们更多的人已经脱离了物外游神的欲望，现实主义甚至实用主义让我们更多的时候坐在物质生活上，多数人的现实是一架只有一个托盘的天平，神秘主义的更多价值展现，只能存在于文学和艺术作品中。

文学和艺术创作者，是望见了另一个托盘的人，由神秘主义引流的超自然感知，是他们不可或缺的必然能力，而掌握着一种属于个体的独有神秘知识，成为一个文学艺术家的品阶判断要点之一。 对诗人来说，星空的无限容纳与历史的迷离隐藏、巫意的秘密接引与梦境的自由塑造，都是重要的创作源，诗人们总是随身携带着一个私有位面，在里面种植自己的专有物种，而产出自己的灵魂标记物，就是在往另一个托盘里添加砝码。

这是隆玲琼的第一本诗集，也是我第一次为一本个人诗集写序。虽然她的诗大多已经读过，在写序之前，我还是把这些诗都再读了一遍。作为一个充满灵性的写作者，她的写作并不像多数人那样稳定，写作量并不大，也不恒定。她也不像一些写作者那样急于结集推出，对于发表和出版，她都持一种闲漫随心的态度。

神秘主义是一个很难归纳完整和清晰的概念，对于诗人来说，领悟神秘的接引，和取出神秘的方式也林林总总。隆玲琼的诗有显性的神秘主义气息，作为一个写作时间并不太长的诗人，她的诗意感知和操控，更多来自天赋而非训练。大概五六年前，我第一次读到她的诗，就留下了深刻的印象，她在沙漠游记组诗中的一首里这样写道："我仔细想了，等到我的世界/荒芜，就变一只单峰驼/理想只留沙子和水……认一个戴面纱的驯兽师作母亲吧，不用交换/哭和笑，只需要听懂她的三个字：/跪，跪，起——"（《单峰驼》）。语气自然不矫饰，节奏的取断干脆合理，诗意的生发虽然不能说很特别，但用独特的触觉形容丝毫不显得夸张。在这首诗中，如果说"我"和单峰驼的转换是比较容易在诗歌作品中取得的跨物联系，之后驯兽师的出现就是较为难得的灵感进现，弃"我"之后又从"我"，在这个思维波折中，生活的百感交汇得以极大丰富，很难让人相信，其中体现出的容纳度和开放性，出自一个几乎没有写作经验的诗歌新丁。

之后，我开始关注她的作品，在她的诗中，质性鲜明见异的思维活泼，总是能随处可见。"……干瘪的水管趴在地面/细心地喂养着树/水管是顾不上去想那些鸟了/除非有一天，她能站立起来/就像一个喷泉那样"（《水》），"一夜的雨，只剩下这么一摊水/我能看到的，在低洼处/有树、屋顶、蓝天，还有雁飞过，无声/一个人，为溅了我一身水向我道歉/我让他向我沉寂的世界道歉"（《天空之城》），这种灵性十足的思维变轨，体现出的正是我们被生活铁轨（也包括大量写作技术手册）驯服前的那一段生活。

"咚，咚咚/它用尖尖的小嘴轻敲我的窗/一扇窗只响三下。我在最末端等它/它走过来，与我的手平行/可它不在我掌心。一块玻璃/阻止了它被我杂乱的掌纹绊倒/这个清晨，我们都紧闭着嘴，对视三秒后/它径直地飞走，落在另一扇窗台上/咚，咚咚/它继续一扇窗一扇窗的敲过去"（《敲窗的鸟》）。这是一首让我愿意用一大段话去赞美的诗，是一首在我看来可以载入诗史的作品（载入诗史这种评价有令人不喜欢的浮夸味，但除此之外，我再难找到一句更合心意的话来表达对这首诗的喜爱），诗中灵气密度极高，如晨雾弥漫流动，性灵之气仿佛已经可以掬捧而出，让我们写下的绝大多数诗都显得乏味、矫情、说教。敲叩三下和对视三秒，一扇一扇敲过去，主观的施加融入事境，彼此相携相成；

粗读是偶得的诗意情趣，细思又能发现因为一只鸟隔窗敲问一群人的精神囚居，提升了全诗的审美高度，实现人与自然、自由与束缚等哲学追问，让这首诗既小又大。虽然这既不是一首质询时代，也不是用宏大叙事在历史时间轴上发力的常规大写之诗，但这就是诗最本真的样子之一，诗就是这样，这就是诗，它直观地给出了诗的一种思感形体和幻韵流动方式。

于坚在《写作的魅力》一文中说过："这是一个祛魅的时代，祛魅就是什么都不信了，一切都要通过技术来量化，厘定。从前我们相信中医大夫的一只手，今天我们迷信使用说明书。" 在更多人迷信诗歌是一种技术和手艺的写作时代，写作说明书层出不穷，诗之式微，有很大的原因也在于激烈地采取技术化思维之后，诗歌大面积呈现出的呆板和枯涩。隆玲琼是一个非技术信仰诗人，她的写作更多是基于先验的直觉抵达而不是后天的思维驯化，她更习惯伸出天赋的指尖，去触摸四周的脉搏，向笔下反馈出有效的诗意振荡，而不是依赖一书桌的书本做仪器当工具，量化产出诗意。 正如她在这本诗集同名的诗《你住几支路》中所表现出的那样，"主干道若真站立起来/这里就接近树顶了/在顶上孤独吗／ 不，我们的爱人是天生的歌唱者/我们的姐妹，已筑巢到了 21 支路"，消除了自然意象背负的坚硬技术认知规则后，路不再以树的投影这种悲情面众，路上的人也随之而成为树枝上的自在翔舞的精灵。诗的原生态活性，总是只在人性中最不受羁绊的那部分灵魂自由体上附着与挥发。

　　有极端一些的诗歌观念认为，诗就是比喻，一首好诗就是一个杰出的比喻。比喻作为修辞作业的核心，在诗写中的地位不言而喻（不言而喻这个词也正代表着对语言学对比喻的敬意）。精彩的比喻是读者选择阅读诗歌的一个重点理由，西川曾经说过，"诗意是一种广泛存在的东西……一句精彩的广告词，内部往往来自诗意的填充"。别出心裁的比喻能力是隆玲琼的另一个写作天赋所在（作为一个比较枯燥的人，我对灵气十足的比喻想象力总是充满敬意）。她虽然还不能称为顶尖的诗人，但她在诗中体现出的灵光闪动，已经足够围观。"这个老周啊，同样是这里土生土长的/他妥协的样子啊，使我/想起了老街的上段"（《在下街》），"别了阑尾，你这科学界的似是而非/我腹土里蚯蚓状的补语"（《人生阑尾》）。前一个比喻信手拈来，贴景切情，看似容易实则难得，比喻的两造之间隐藏着不小的思维盲区，修辞完成度很不容易；后一个比喻语质鲜活，"科学界的似是而非"和"蚯蚓状的补语"，科学和文学两类语体，在这里相向对冲后均匀融汇，语意凹凸而语气顺滑。优秀的语言掌握者总是会选用词的更强个性，并赋予它们新的共性。这两类比喻的取得，在隆玲琼的诗中并不鲜见，这体现出她对语言的捕捉和展示能力。虽然比喻并不能全部展现一个诗人在语感方面的全部能力，但优质的比喻总是诗歌文本的最突出部，代表着诗人在语言上能够抵达的边界，直现着写作者的语言上限。无数诗人和评论家，都在做一道语言具有无限创造力的习题，精彩的比喻，总是用最直观的语言现场，为诗歌挽留读者，保护诗歌在写作中的地位不被时代好恶强力抹除。

由于挑刺的恶习难除，也谈谈本诗集中的一些写作问题。隆玲琼作为一个写作时间不长、写作经验不丰、更多依赖天赋写作的诗人，她的作品还有明显的瑕疵。不够节制、不够精确，冗碎拖沓的毛病不时会在诗里出现，消耗了不少她在语言活性上的优点，让她的诗在语言整体层面上还难称突出。虽然在散文化语言张目于诗的当下，不够简练并不是一个绝对的诗歌缺点，精确与含混在诗歌中同样也不是可用来直接判断文本优劣的必然语言状态，但对一个还有很长写作之路要走的年轻诗人来说，用松弛自然的语态来宽容评价并非好事，技的僵化固然面目可憎，但无技的随手更不应该轻易谅解。取一副纸镣铐套在笔上，诗歌的语言如果不能负重于先，就只会失控于后，更多的限制才能更大的成就。主题相对狭窄，是她另一个较为明显的写作问题。女性写作通常具有直觉优异和触感细腻的优势，但也意味着多数女诗人更乐意于流连在感性写作的舒适区，而不愿意将自己的写作卷入更耗费心力的思考层面。天赋既难得，又是易耗品，在直觉中维持的写作，总是比较短暂，在写作宽度中打开更多景深，向天赋之外索取写作空间，意味着更大的写作诚恳和更长的写作生命。每一个诗人都乘坐着一条唯一的光线，对一个已经具有自我特征的诗人提出具体批评意见和写作建议，是最无益的事，对她的破坏会远大于护送，提意见能有效提供的仅仅是批评的动能。

　　神秘主义的概念无法固定，神秘的范畴趋于无限，如同我们身处的宇宙空间，无垠无际。葆有一个神秘的触点永不断开对未知的通电，是一个神秘主义诗人的永恒动力源，如果宇宙能浓缩成为一个人的内心空间，星球就会成为一个人在不停碰撞中永远好奇的活性粒子，在窥视着自我心灵的宇宙波动的同时，也应当试着去一本诗集完工后的其他诗歌宇宙甚至宇宙之外看一看，那里的真空，是另一种架构的神秘。

2021 年 8 月 23 日

　　野渡，本名杨骏峰，四川仁寿人。

目　录

I
高处的湖与低处的霜

II

你住几支路

I

高处的湖与低处的霜

如果你要来

请你在下雨天来，我们不说雨
不说帘外雨潺潺，听雨歌楼上
我们一起等待雨停，浮云散
等待大地上所有的平坦被吹出陈旧的皱褶
等待雨不情愿，又不得不离去时
一针一线母亲般，给我们的院坝
打上补丁。等待
我们异口同声

捷　径

第一次到隆家沟，我们想抄近道
果然，迷路了
这个导航系统都未收录的山村
除了无数个小山头，竟还不断出现十字路口
三岔路口，T 形路口
是的，这个闭塞的山村
入口难找
当然，认路终归比开路简单
我很快熟悉了哪一条路连着秦婶的地坝
哪一条路又通往李叔家的花生地
我还找到了一条捷径，荆棘丛生
一树树刺梅，总在五月及时挂出小灯笼

入户调查

她让孙女叫我姑姑
孙女甜甜地叫了，我也美美地应了
那么，这样算下来，我应该是她儿子的妹妹
（她的儿子比我大）
应该是她的女儿，一个讨人爱的幺女儿
正因为这样，事后
我对我接下来的问话感到羞愧，耿耿于怀
"生活怎么样，还有什么难处……"
当时她一直摇头，笑着不说话
像极了一个宽容的母亲

牛背山上

微微低头，不卑微的早晨
耕牛高高的背脊是一个不聒噪的人间
慵懒浩瀚的云朵倾泻而至
破壳而出的太阳软软地落在掌心
没有理想，没有愿望，也没有心事
多么美好！
我看到，石柱的三星紧靠着丰都的武平
我的故乡紧紧依偎我的家乡

这个早晨没有风！
风车没有搅动乡愁，静若航标，美若岸线
这山顶之物多么沉着，仿佛
并没有一股暖暖的电流刚刚从脚心流出
穿越荆棘、丛林……

劈　柴

放一截木头竖在地上
举高斧头，劈下，再连柴带斧头举起
劈下，一分为二，就成事了
在 13 队领取扶贫手册时
队长带我们反复练习了这样的一分为二
二分为四……
一行七人，六人都顺利出师
能手起斧落劈出柴块来
我不行，力量小，劈不动劈不开
队长说劈柴是男人的事，你一个女同志不要较劲
可以帮忙捡干树丫生火
我接受他的分工，我相信
这把火，可以点燃整个寒冬
可以燎原——

有水自来

听说要给水拍照片，她乐颠颠地带我们进了厨房
打着手电，在案板底下
一个陶瓷水缸上面
拧开一个干净的塑料水龙头，指我们看
"清亮得很呐——"
她满目慈爱，像是对着一条长长的河
发出了赞美，然后
又拉着我： 这孩子，真是好得很呐……
年过七旬，从没有缺水概念的她
一脸喜悦地牵着我，像牵着满山村的清溪浅水

蔫 薯

"挑均匀、光滑，带根须的新鲜红薯
用稻草串联，在有柴火香的屋子里，悬挂
数日，即成蔫薯"

她留守深山，有做蔫薯的坚持与雅兴
我身居闹市，常感失落和孤独
她不贫穷，我亦不富有
没有血缘，没有道德绑架
我愿意细听她的"疯言疯语"，她愿一双小脚
颤巍巍地爬上阁楼，为我取下一筐清甜

你好,小麦!

我看到了无比亲切的事物
我知道那不是牧草,可我叫不出它的名字
不记得它是否结花果

这个村庄冬去晚春来迟,像极了我
扎根在另一个山顶的故乡
（ 步履蹒跚的故乡啊,攥着匆匆岁月
像我蹒跚学步的孩子,追着学步车 ）
偶尔回去,会遇见小麦一样亲切的人
我记得那是儿时亲密的玩伴
可我越急越叫不出她的名字
在她脚边,小麦一样的孩童
一脸茫然,像是不知道如何称呼我

傍　晚

雨后的隆家沟，鱼腥草花肆意开放
治愈系的小村庄内，到处都是勤快的赤脚医生
在五月，院落无主
黄昏带回一红一蓝两双童雨靴
雨靴带回了学堂的泥

稻草人

又一次在地里找到她
坐在一个稻草人旁边吃干粮。交谈
仍离不开耕种之事：
红薯刚栽下去，苞谷种了六斤种子
这两天在点花生，准备再种点毛毛菜……
她拄着一根竹竿站到田坎边，指我
看远处待播种的土地
四月的阳光带着风，大大的草帽下
她花白的头发有些凌乱
像另外一个的稻草人
不同的是，她挑出来几颗不太饱满的花生米
扔向不远处张望的几只麻雀

他说种子与果实

我拿了 40 个鸭蛋，想给他 100 块钱

他不肯收，说收了情分就没有了

鸭蛋不要的话情分也没有了

反复争论许久

他收了钱，但又多装了一包鸡蛋

为回应我们农产品销售要基本等价的说法

他急了，说"我只给地里播了一颗种子

土地还给了我一树果实呢"

这样的情况已出现过多次，在隆家沟

没有恰如其分的比喻，只有一群

以一树果实回报一颗种子的倔脾气

竹节草

其实，这个秋天更像四季更替中的秋天
无论是昨天的隆家沟，还是今天的金龙寨
都能看到少量未进仓的稻谷
"乌云密布，大雨将至
就要眼睁睁看着它烂在田野里了……"
不明真理的人，总是放大危机感
扩大季节的阴影面积
竹节草是埋首初秋的含笑之物，当空中
白色占据上风时
她稳稳地接住了掉下来的那部分蓝

喊　泉

高处，湖是挑剔的，只听一种声音
有轻度孤僻症，是抒情的贫瘠之地
纵使你带着满腹故事，也只能
喊，反复喊高声喊只喊一个字
用喊山的语调喊用至亲的语调喊用置之死地
而后生的语调，喊
要一边喊一边回答像自己喊自己一样回答
"哎——""哎——"
高处的湖是宽容的，长着猫耳朵
能为每一种歇斯底里，开放不一样的星河

山 头

山下的玉米老了，山上的
才开了天花，挂了红须帽
逃离进山的人，患臆想症未愈
有时候会想起朋友，有时候会想起积雪
山顶的土豆刚刚开花，山下的
就簇拥着进了堂屋
时间跋山涉水，从一个人的掌心
滑向另一个人的掌心
他的青春，一眼望见了暮年

访谈录

他说这些植物命贱时，带着宠溺

他说苗子都是从镇上领回来的，感觉他再一次

领回了自己的儿时

他细数着淫羊藿的随遇而安

七叶一枝花的微量毒素，三叶青的喜湿耐寒

穿插了七岁孤儿的归属感

授人以渔的乡村叙事

700 米的海拔与大片青绿作为谈话背景

我没有不解之处

也不打算再挖取一个七旬老人

执意将 10 亩中药材扩种至 40 亩的有限线索

林中路

来路与出路在这里达成和解
我发现这个交点时，朋友像误入丛林的
一群灰喜鹊，上跳下蹿，叽叽喳喳
如果我们真的是鸟类，他们是灰喜鹊
那我是哪一类呢，与生俱来的恐高症
整天疲于奔跑，嘴短体瘦没有龙骨突
朋友说，那只能是鸵鸟了
好吧，那就当是鸸鹋，生在山地的鸸鹋
执迷于这林中路，心里
却无时不装着远方的草原和荒漠

丛林穿越

在空中行走倍感艰难，于是更加羡慕飞鸟与猴

唱完一首歌换一棵树，蝉也是我羡慕的

都说行在尘世如走钢丝

真正站在钢丝上，我又看到了尘世的广阔

地面上令我羡慕的东西真是屈指可数

——野草、流水和荒原

但足够流连

我闭着眼尖叫，至少听到了两种回应

一种来自近处的人群，一种来自远处的山谷

农家院内的曼陀罗

地坝边上，是在小竹林圈起来的鸡鸭棚
旁边是长长的葡萄架和
高高的柚子树，中间就是那两大株
开得正艳的曼陀罗
她说去年这大喇叭花的叶子长满花大姐
是她一个一个捉掉，才救过来的
之前苦口婆心跟她们讲过苍耳、凉薯
蛇莓和益母草
现在不想再还原这大毒物的毒性了
一个生机勃勃的院子，不该有绝情谷的恩怨

这大概才是理想的白噪音

当我们同为母亲，努力借用着一些声音
来取代莫扎特、黑鸭子
类似于和风细雨，高山流水
或者正对大拇指状的硅胶无限依赖
又警惕性满满时
她们，坚持用方言念着
有关农事的歌谣
"厚脚板，搭田坎，田坎漏，点黄豆
黄豆香，磨豆浆……"
三岁的孩子，也能轻松哄睡不满周岁的

某个下午

我想要记录的不是这样的桥和桥上的人群
不是个别尖叫的坐姿或者一群人
炉火纯青的平衡术
只是突然想起那些摇晃在空中的时光啊
离地三米，众口一词
如果我记住，它就是这个夏夜的萤火虫
如果我忘记，它便是南方秋天最早的一串白露

关圣场上的两只鹅

我觉得，这踱着方步的两只鹅
必定也一样带着重重心事
只是，不踮脚避开断瓦和动物粪粒
不热衷窥探与指画
对于贞节牌坊被埋掉的一截
黄葛树隐去的年岁
破裂的雕花窗，搬离的大小商户
鹅只是说： 哦哦哦
像是一无所知，又像是无所不知
发现了寺庙的消逝
鹅先于我们转身往回走
心事无处搁置，遗憾超于空了之外
鹅仍旧只是说： 哦哦哦

保家楼

溪水活泼沉稳，不疾不徐
遛着弯，从旧时的石磨盘缓缓汇入龙河

此段水域无桥，往来者需选踩垫脚石
因为裂缝适度，处处恬淡静好

两岸天高，泥沙均匀自带修辞
有燕子衔泥筑巢，有人捡石子铺路

前面是公路，可通县城与高处的院落
再前面是铁路，可达村社和遥远的京城

给六岁的留守孩子拍照

她站在繁茂的花生地里
我趴在不远处的绿草丛中，角度
正好，九月不燥
太阳稳稳地装进她莲花般洁白的手中

我该什么时候将这张照片送到她的手中呢
十年之后吧，那时她已情窦初开
希望她，惊喜于这乡村，今日的阳光

回　声

三岁的小女孩在两个竹背篓之间
玩着跟她一样泥乎乎的玩偶
轻声唤它为妹妹
隔上一会儿喊两声在隔壁地里的爷爷奶奶
这边只是喊而已，那边也只是答应而已
没有更多的内容
听着就像是这大山里的阵阵回声
不过，有回声就好，山里山外
就放心了

路

李老伯拎着一袋柚子在村口堵我
他说自家树结的，牙不好不敢吃
放着要坏，坏了只有扔
硬生生把我说成了拯救柚子树的人
这也就罢了，车子发动时他匆匆靠拢
很不好意思地说：隆妹，那个路也好了，谢谢
他的身影在后视镜变成一个点后快速消失
我的脑海却浮现出道路千万条
柏油路，石板路，村道路，田间小路
小康路，致富路，来路，出路……
我想不起来他说的到底是什么路，是哪一条路
这个质朴寡言的农民，又硬生生地塞给我
一条路的功德。猝不及防地
在这场攻坚战中，我成了最大的受益者

在龙河中游

好了，不再做无谓的查看和追究了

我也曾中段浑浊，终端生满藻类植物
只是因为焦虑亲人和朋友，焦虑
我的爱与无能为力
偶尔脾气暴躁，常常情绪低落
只因我包容夏季的山洪和春天的瀑布
接纳寒风中
摇晃的小渔船和纷飞的梅花
做不到向你拍胸脯，言：清者自清

如果我是一条河，也绝不会因为越来越瘦
越来越瘦了，就收起了暴脾气

挖土时代

人们开始爱上挖土
挖公路边的土，挖水底的土
挖长草的土，挖长虫子的土
也挖童年的土
挖老屋的土，挖祖上的土
有人挖到了土
赶紧将土与土，对号入座

他们给挖来的土砌围墙，喂牛奶和啤酒
用挖来的土种黄瓜、西红柿
种葱，清瘦的小葱
他们知道，挖来的土
是长不出稻谷和小麦的
更宽容更厚实的土，在更远处
那里长满了鬼针草

一棵树

在黎明村

他发现了一棵乌桕树

经林业专家实地勘察，胸围约 5.62 米

胸径约 1.79 米，树高约 22 米

东西枝宽度约 20 米，冠幅约 400 平方米

树龄在 200 年以上

当地人称这树为蜡烛树

还流传着一个婉转曲折的爱情故事

转述这些事和这个故事时

他新换了姓名，虚拟了地名

并选了个月圆之夜，与这棵隐姓埋名的树

拜了把子

还原烧

我喜欢这种脱离了氧气的燃烧，在
存在着太多不确定因素的窑室
通过不断抽取土胎和釉水的氧元素
让黄土点燃自己，实现凤凰涅槃

"抛开了绚丽色彩，只是还原了瓦片与炊烟
不断重组升华的质朴和温润"

我热爱这种燃烧，爱他冒险式还原黄土的态度
在一瞬间，还原了我对屋檐的所有记忆
使我相信，这摞摞青瓦
无论盖在哪一座房顶，在城市或乡村
都会渐渐生出柔顺的青苔

他应该还能还原一个
顶着草帽的捡瓦匠，在下雨前匆匆赶来

醪　糟

晒干的黄豆叶和葛藤叶在顶楼堆放
那是牲畜们一个冬天的口粮
母亲就是从那里面端出搪瓷盆来的
蒙着薄膜，裹着小棉被
"成了，成了！" 她小心地为我们父女仨
分别盛上满满一碗醪糟
快速吃完后，我们往往会再索要半碗汤
她也都应允，看我们狼吞虎咽
满足地将余下的半盆装进坛子

多年后再一次吃到搪瓷盆刚端出来的醪糟
是入户时在 14 组的朱姨家
"现在很少有人自己做这个了，没几个人爱吃"
她分明故意撬开我们垂涎的记忆
我分明看到她极力控制的满足感

爱

我爱屋顶的炊烟，也爱房前的灯笼
我爱路边的雏菊，也爱花圃的玫瑰
我爱黄葛树深扎泥土的根须
也爱那些绑着心愿丝带，摇摇晃晃的枝条
我一眼爱上这个叫绿村坝的地方
就像爱茶园沟、隆家山，爱荷花村、深基坪
等等，那些熟记于心底的小地方
我爱这些村庄千百年不更名的倔强
也爱他们每一寸土地不断冒出粒粒新芽

栅　栏

有时候，乡亲们会随意把白菜小葱圈在一起
再任由地里长一些小青草，这样
竹栅栏就更温顺了，愈加不像一条隔离带
倒像是柔软的、长长的手臂
拥抱着一季盎然生机
而宽宽窄窄的路，也婀娜曼妙地做起了追随者

我没有特性的村庄啊
万物皆可融合，万物又界限分明
我不懂消遣的乡亲们
闲时就编竹栅栏，闲时就看几只鸡或者几只鸟
一边寻着菜青虫，一边轻啄白菜叶

路边花

又是一条乡间小路，又是零零星星
蜷缩抱团儿的小油菜花
她们抢着半蹲拍照，而我觉得半跪着更善良
但我不知道该亲昵地捧起哪一颗花朵
就像每次路过移民广场，不知道该将硬币
投向哪一个残破的搪瓷碗

天堂谷

太多的名不副实，我便不再蛮横地
想在一个命名里寻找贴切度
宁愿枯坐于任一座桥边，看山间的流水
缓缓地流动去人间
劝导一棵孤苦的野海棠远离离愁和相思
告诉它谈笑的甲乙丙丁都各怀心事
离开的时候
向它讨要小一株果子
我记得一个低血糖的少女迷恋在半饿状态舞蹈
她应该爱这不纯粹的红

登双桂山

落日浮于江面，挣扎了几下
双桂山倒立，颤抖
若有若无
鬼国神宫正在换脸

值杂草枯黄之际，野剑兰猖獗
染了绿，路更窄了。落叶积至脚踝
竟无一片桂花叶
频频撞见苍老雕塑，衣不蔽体，身份不明
孔庙打出"此路不通"，拒客
心中景仰之人更为模糊
齐老留一空亭于山顶，良缘悬于瓦檐……
似乎再无从考证了，鹿鸣寺
来历成谜

上调后的老城伏在出口，一块木板
详尽地记录着过期心愿折算比率和一缕青烟的尺度
有集会欲在三月三复苏，只是
春雨至，那青苔，也总能见缝插针

老 城

必须有一个渡口，不然
从深山来的小男孩，无法靠岸
有一坡长长的石梯，直接通达庙会
小男孩被藏在腿缝里
看一半想一半

必须有一个夜晚，男孩踮着脚
在挂满鬼头的街，捡烟盒
一个红塔山带出去可以换十个小南海
一地的高档货，让他兴奋
他不再害怕了

小　镇

巷子紧接着巷子，转角处
簸箕刚好能躲过阳光
风从上方来，柔和千年之久

游客不多。一个游客到另一个
游客的间隙，刚好够晚糯米浸泡
蒸熟，冷却，阴干
老人集聚。一个老人与另一个
老人的距离，是一双手撑着布袋
一双手，捧起米粒

我带着疑惑来，换得阴米一袋
此物从未见天日，据说熬粥服下
暖脾，清火，解毒

杜氏庄园

一间空房子是
另一间空房子的背景
一个空院落是另一个空院落的替身
一坡空阶梯是另一坡空阶梯的延伸
一口空井，是另一口空井的归属
这阴湿、人迹罕至之地
石头拥抱着木头，木头依偎着石头
无数扇门窗静静地陈旧，静静地腐朽
像无数个黑洞，静静地扩张

这是我见过最为紧致、最为纯粹的庄园
百年来，容不下一颗铁钉

小时候,薯片有另外一个名字

在七、 八月连晴的日子，再忙
母亲也会挑两筐大个而光滑的土豆
为我们做最朴实的零食——
将土豆去皮，切片，加佐料煮至半熟
然后，找很大的一块或者几块石头
打扫干净，一片一片地铺上去，晒至干透
吃的时候用沙子炒或者油炸，香脆可口
整个制作过程中
铺土豆片是我们姐妹参与得最多的环节
漫长，单调，乏味
常常一铺就是大半天时间，中途
我们会分神去驱赶石头上的蚂蚁
也会像一张土豆片那样躺在石头上翻晒
母亲会温柔催促，并提醒我们小心石头边缘

那时，土豆片叫洋芋果果儿，不叫薯片
我们也叫山里娃娃，但不叫留守儿童

在熊家院子

梯道放开了云和水，在这里收缩
折叠起来，难免沾上些药草味
或许是称量偏差
修复后的布局有些参差
倾斜，有褶皱，缺口
一个人指指画画，给破洞打着补丁
缝上楔形文字、白虎、高粱花
和冲突……
什么，你竟让我参与一段被陈列的历史
这惯于接纳任何侵略，这包容无限未知的过去
不，我宁愿迷路在此

在下街

老街的下段相对完整

完整得清冷、朴素，毫无反抗力

阻止我们深入的

是一只老黄狗

它横于路中，像誓死镇守的将军

巷窄，它没多少退路

它嘶吼

它的幼崽已经会摆动尾巴

老周摇着头说我们绕道吧

这个老周啊，同样是这里土生土长的

他妥协的样子啊，使我

想起了老街的上段

野花生

尼龙口袋里的土花生细小可人
丰盈的蛋白质搭配着微量的翘首以盼
野花生不育子女，一心开作路边花
植物界的清透在于
即便各有向往，也乐于近似的容貌
与称谓
豆科，一年生草本植物
有适度的坚硬，适度的入药植株
无论种豆得豆，还是馅饼天上掉
都可互为前提，没有贵贱

在华溪村主题邮局

买一根红绳手链

寄给母亲，她的青葱岁月

合得上这院落的朴素往事

买一个香包

寄给挚友，所谓美，细腻绵长

所谓勤奋，小猪猪而今已然成邮递员

买两份油酥饼

寄给孩子，娘行千里

独念儿饥寒

买一张空白信纸

寄给自己，谁先到家

谁先奋笔疾书

II

你住几支路

名　字

有时候我的名字站在其他名字堆里

也有时候独立，在表格中，在一句叙述语气里

在一首诗的前面或者后面

它与我部分分开，与我的

唇舌体发，难以解释的个性特征分开

代表我最令人心生疑惑的神秘部分

有些时候，我的名字会蹦进他人的嘴里

抢吃着辣子和麻糖

会蹦进你眼里、心里

像沙子，也像眼药，像满世界迁飞的小菜蛾

我的名字，在遥远的村落，有一个小小的世界

我的名字，常常被我一头撞上

"喂，我是你吗？"

有挑衅，也有相见恨晚

敲窗的鸟

咚，咚咚
它用尖尖的小嘴轻敲我的窗
一扇窗只响三下。我在最末端等它
它走过来，与我的手平行
可它不在我掌心。一块玻璃
阻止了它被我杂乱的掌纹绊倒
这个清晨，我们都紧闭着嘴，对视三秒后
它径直地飞走，落在另一扇窗台上
咚，咚咚
它继续一扇窗一扇窗地敲过去

你住几支路

我想到了枝丫
想到第十九支枝丫上的一只火冠雀
它看着远远的城市
看着远远的屋顶
用翅膀发呆
对寻找虫子，拾掇干牧草和草根
它一直没有停止过热爱

并不偏僻，这里只是更高一些
主干道若真站立起来
这里就接近树顶了
在顶上孤独吗
不，我们的爱人是天生的歌唱者
我们的姐妹，已筑巢到了 21 支路

打　开

果然，仅是旧物，连折痕都懒于坚持了
这儿不适合点灯。无暖身之物，燕子不曾想过
来此栖身，连地鼠也如此。单纯的棉虫不一样
喜爱在线索上打洞，是天生的修复者
火柴总是受潮，泛黄的照片便别过脸去
他此刻在哪儿呢？疑问一闪即收
轻轻一推，暗自庆幸一个似乎见不得人的
念头，给关住了

一个简单的道理

多像熬一锅粥啊
如果我属大米，总会有人
属断骨，属某种伞状植物，或者香菜小葱
我若属粟米，也自然有人属红豆
莲子、百合或者冰糖
据说一百万年前就有火的存在
即便如此，我们也毫不相干
那一口锅到底可不可以
算作是红娘？总之
事实上，我们仿佛烂也要烂在一起

多像一个熬粥人啊，一开始就知道
总会有些残局不忍看，于是，提前储存了
足够的水

病 人

突然就会大哭，带眼泪的那种
会不停地做噩梦，立体的那种
会觉得床有不整齐的翅膀，飞的时候
朝一边倾斜，倾斜
她说着就大笑起来，好像说着别人的事儿
我不解的神情只出现了一瞬间
"你可能在嫌弃我"
她的声音突然就低沉而无限委屈

我,不是我的

总有一天，我会将这受赠的一切
——归还
骨骼、脉络、血液，这些肯定是要还给父母的
他们那时在哪儿，我就还到哪儿
灵魂，这以克计的金贵之物，就还它于黑夜吧
找不着上帝，也自会有人收留
那些附着在身的形容词，都出自你们的陈述
无论是美丽、善良，或者丑恶
我都将通通交出，随你们分类转送，或者打捆烧掉
由皇历记载的日子，每一个
我也会依次送还
比如带了标注的今天，就还给你
（如果你是存在的，标注也是存在的）

而今，你们依然在用馈赠
堆砌出一个，又一个
立体鲜活的我
给予，是否给你们带来了快感？

如　果

她喝掉我的感冒冲剂，摇着头告诉我
药太苦
她贴一块创可贴在脚踝，跟着我
一崴一崴地走路
她盯着刚爬出被窝乱蓬蓬的我，咯咯地笑
说我真漂亮……
她是我四岁的侄女

如果她是一个年过四十的男子
我就编一个笼子，把他关起来
用左手攥着，留右手种菜

根

我们去寻根，在华夏宗祠
我很快找到了我的姓，我对着我的
姓氏祖先深深地鞠了一躬
然后我找到我母亲的姓，又对着母亲的
姓氏祖先鞠了一躬
然后是祖母的姓、曾祖母的姓
外祖母的姓、外曾祖母的……
后来，又经小镇的多家祠堂一一认祖
离开时领取姓氏纪念册
因只领取了父亲的姓
我便不得不抱歉地对另外 108 个姓氏
深深地鞠了一躬

声　音

信号塔矗立在这里，十七楼的上面
在最接近天堂的一层。周围都是蔬菜
青翠欲滴，有临时鸡棚和两只鸡
土应该来自郊外，老母鸡应该来自乡间
下午三点，我应邀进这个充满烟火气的楼顶
听声音。我倾听到
一堆钢铁重组、长高、锈蚀，卫星般灵动的声音
如三月群蜂采蜜嗡嗡嗡的声音
这声音盖过了楼底，盖过了楼底蓬勃的车水马龙
广袤无垠的人间，一切讯息交汇于
这单调的"嗡嗡"声里，又飞奔去血浓于水的人间
我一下就捕捉到了母亲的思念，我想起了一首歌
我想邀请同行的人一起哼唱
但他只听见了噪音，他感到耳鸣

算命先生

他有人民医院的院墙，有一棵
桂花树的阴影，有空空的小板凳
有散乱的瞳孔
列队的天干地支
有天机不可泄漏的孤独

远一点，是流落街头的尴尬
再远一点，是阴影里不安分的指纹锁

石　碑

想做一块顽石。但
总是要掏出点什么才能圆今生的功德
那就慢慢用錾子，挖去
一部分白墨吧
即便是这样，我也不打算杵在路口
做南北的界，或者做东西的桩
我的顽固不在于此
我更在意我凹进去的部分，像谁的手笔
或者说飞撒的部分，像谁的语气

遇见骆驼刺

如果硬要找出我和这株草的关系
那就是我们都叫黄河作母亲
（母亲离我们大概很远吧？）
在这片沙地，四月末
我踩伤了它，它刺痛了我
寄生于南北的两个物界，多年后
就这样一头撞见
母亲啊，一对儿女开始相认了，看
相见让他们隐隐作痛

单峰驼

我仔细想了，等到我的世界
荒芜，就变一只单峰驼
理想只留沙子和水

已再没有什么需要思考和忧虑，头可以变小
行走是逃不了的，脚掌一定要变大
叹气也没必要了，就长一个粗长的颈
喘息——

认一个戴面纱的驯兽师作母亲吧，不用交换
哭和笑，只需要听懂她的三个字：
跪，跪，起——

水

一路过来，树都很小
很稀，不成林
鸟窝在这里很拥挤，大部分都
岌岌可危。干瘪的水管趴在地面
细心地喂养着树
水管是顾不上去想那些鸟了
除非有一天，她能站立起来
就像一个喷泉那样

绝望的沙子

如果将我们和太阳隔开的
是沙子，是急得从脚下跳起来的
沙子，是任风怎么吹
也吹不开的沙子
我宁愿相信
是太阳自己决定将自己土葬
我宁愿相信
沙子会哭出声来，它甚至比我们
还要绝望

下水道

相比其他被冠以"下"字的事物
下水道看似更认命，或者说更有自知之明
完整地屈身于黑暗的地下，不露声不露色
相比其他被藏于黑暗中的事物
它的骄傲在于，每一次关节的弯曲，都坦荡而直接
没有唯唯诺诺。幸运的是
它的出口即是江河

路

原本就是很随意的
随意就延伸出去了，不择方向
随意就与另外一条路相交，又随意就分道扬镳了
路上的人，生性小心翼翼
一眼望穿的尽头，他们笃定是假的。只是
不断有人，随意就在路上摔了跟头儿
还有人，随意就赖在路上，不动了

秋

珊瑚绒让我安静。自然
风来的时候，我没有惊慌、战栗
摊开手掌，没有谷粒，也没有麦粒
守护或藏匿都多余了。这很好
空，也让我安静

我像是等他已久
他的谷粒会唱歌，麦粒会发芽
嗯，它的满闪着光
而落叶和稻草，这颗长在他脸上的
痣，灼得他生疼
玫瑰太早，雪花太晚。只有落叶
越积越厚，稻草
越堆越高

他似乎更需要一场
救赎——焚烧，或者是埋没
而我，只需待他离去后，生一盆火，安静地
盼春来

天空之城

一夜的雨，只剩下这么一摊水
我能看到的，在低洼处
有树、屋顶、蓝天，还有雁飞过，无声
一个人，为溅了我一身水向我道歉
我让他向我沉寂的世界道歉
我诧异于水跳到我身上，就成了脏水
我更惊喜于抬头间，刚被破坏的一切
都还完整地存在。天空
只有天空，是我们最终的庇护神

佛莲洞

即便在几千年前、几万年前都不确定之久
在荒山野岭，入地三里之深
矿物质已成花鸟走兽，一碰即碎
这又有什么关系呢
举着探照灯的人
总能发现旧铜器、石磨盘、残骸、草木灰
"这里曾是非常适合居住的地方"
"这里蕴藏的价值无穷大"
"这里有灵光穿透……"

观音早已成佛，那又怎么样呢
众生仍然寄望于普度
那——请观音再做菩萨，如何
软禁于洞内，造福这一方，如何
塑十二生肖，还让老鼠和牛在一组，如何

"欢迎光临，这里能洗去您的所有原罪"

谈 话

不足十平方米的房间，足够一问一答
足够装下信口而来的所有赞美
但需以缺点结尾，无关痛痒的缺点作点缀
下一个敲门进来的人，同样是替别人
作嫁衣，同样思路清晰
不是访谈，这只是一条平静的流水线
它内部生满啃噬意志的锯齿

有一次，我走完流程
向两个陌生人谈起自己的初心与理想，态度诚恳
甚至谈到了家乡的小河与萤火虫
还有压箱底的卷宗与过山车
像遇到了故友，是故友啊
他们一个放下纸笔，静静聆听，配以苦笑
一个收起问题，循循善诱，如师如父

我硬是把两个陌生人谈成了故友啊
以至于后来，差点为碎片似的乌托邦
放低到热泪盈眶，差点
忽略掉了那些卑躬屈膝的关节痛

体　检

我闭着眼睛举起双手，是的
我向身边年长的人学着做了怀疑主义者
每年一次体检，并选择全面的项目
此刻我在 CT 室
医生不苟言笑，我听她的
不动，吸气，憋气，再呼气
感觉到进入身体的 X 射线短暂停留后
慢慢消失
她说可以了，并立即喊了下一个
我将她让我含在嘴里的玉取出来
重新规整地戴回胸前
这块玉佛被我养得透亮，多年前
一个朋友送的，他总在笑

人生阑尾

受之父母与生俱来，但他不是你的
他属于炎症，属于 70% 的转移性疼痛
属于隐痛、按压痛和反跳痛
但这些痛也不是你的，属于有伸向腹腔
任何方位可能性的累赘物，属于
在 30 岁之后渐渐废弃的那些执念

叫醒声如三月金黄鹂，我没有看见
那节消音的管子 （ 抽掉了我已到咽喉的疑问 ）
别了阑尾，你这科学界的似是而非
我腹土里蚯蚓状的补语

右边的河流

此刻，我们之间仅隔着一个异乡人和一道窗
我血压偏低，心率偏低
姿态最贴近你的曲度，呼吸最接近你的流速
维生素 C 引着 0.9% 的氯化钠
正经我体内的管网缓缓进入你的最下游

我不敢起身问起你碧绿的源头啊，龙河
汇入长江前，让我再替你服下清澈的凯复定

腹腔镜

如果要通过三个小孔看清你，我不会将孔

开在你的腹部，不需要

看到你的悸动的心和满腹才华

其他部位也不适合开孔，你的上身写着

懈怠傲慢，下身写着不疾不徐

脸上写着人生才过一小半须尽欢

也没办法通过三个小孔去取掉你无用的部分

你没有无用之处

发尾留着分叉，智齿备用于磨牙

可笑啊，我为什么设想了洞穿你

没有切入点的胴体，还错握了这柄单刃手术刀

一个人的时候总觉得饿

感觉到美味之美的同时，也对食物
多了敬畏之心
我重新获得了品和尝的快感，让我的嘴
去适应我的胃，让我的外部去适应内部
已近不惑之年，我愿意向这个世界做出些退让
因为我清晰地看到了你的早餐，是怎样
一滴一滴进入我的血管
慢慢消解了那些发自神经的疼痛

人到中年

隔壁房的小哥端着媳妇儿的尿盆，走错房间
迅速反应过来后一溜烟消失
换来我和邻床姐姐的一阵捧腹大笑

七天治疗周期的小手术，在第四天痛感消失
我们站到窗前，说去它的化脓穿孔刀口疼
她要备考执业证书，我要研究八股和心经
小病如小养，开启复工倒计时吧
还有更多劳累无助的人，急需这张床来歇口气

光子治疗仪式遐想

这个体内藏着无数小鸽子的机器人，每天
分两次为我弯腰，拂去我的不适
这个改变了大一统冷白色调的驼背人
嘴里含着火苗，掌握着一个母亲才有的力度

他的母亲又是谁呢，想来也自带生命活性之光
不然他的孩子们为何都带着伤口
都在努力结痂

不让一只手一天扎两个针孔

流量调节器在手中滑动，它现在
是我的玩具，不不，是我牢牢相护的子民
500 毫升滴液是我子民麾下的千军万马
每分钟 40 滴太慢，60 滴太快
但我就要 30 滴，就要这以退为进的慢镜头

久雨初晴的午后，大地发出了懒懒的鼾声
可能只有我，还在驯养左手的犹豫和试探
可能只有我，在用自己的左手读取右手

像个流浪者一样坐在花台

这个角度，阳光刚好可以从我的后背输入钙质
我刚好正对着复读机式劝导人们
戴口罩的守门者
我想象着他会来劝离我，穿过车辆密集的公路
会像锁住乱停靠的车辆一样锁住我
然后等候我的无力辩驳并大声训斥
但是并没有
后来，更多的人把自己放出来坐在我旁边
像摊开刚洗净的一张张的旧床单

赠你一座惜字塔

何不将这废弃之塔为我所用
我有大批写坏的公文，不成型的诗稿
过期的书信和骨折式的标语……
正好需要这样一个僻静荒芜之地
这样一个内部空无、隐立于杂草间的石墓
那些植物纤维将化为一堆灰烬
被冒领的星辰将重回夜空，被借用的叹词
将回归平缓

何不将这字库借予你用，我的朋友
和我险峻但手无寸铁的假想敌
人到中年，悔意渐少，怜悯如雨注
那些曾被轻薄或触犯过的事物，都需要一缕
野外缓缓飘升的青烟，做了结
像烧掉一本日记，像送走一个故友

与山神说

山神供在一块巨大的石头下面
等于扛着整道山脊
肩上的石头与顶上的石头之间
撑着许多小树条，据说
这样做，山神就会保佑各类腰疼之人痊愈
于是我为母亲轻轻撑起了一根
因为热爱土地过勤耕种，她的腰疼
一直只有劳作可以缓解
我还为妹妹撑起一根，她的腰疼来自生养
我还知道很多朋友腰疼成疾，但我
没法帮他们拜请康愈
真是抱歉，有些轻易弯腰的理由或者病灶
我实在是说不出口

清明祭

请安静三分钟，一切人间的辩者
所有的阴谋论和臆想症患者
请停下来，来完成个仪式

你可以忧伤或者佯装忧伤，可以坚强或者
佯装坚强。至少做得像一个懂沉默的人
一个会低头的人，一个有内心裂痕的人

我不是谁的说客和崇拜者
我只想说： 百年之后，大家都会在名山相遇
希望在唯善呈和戒碑前，步子不会太慌乱

故人祭

外祖母与外祖父依旧相偎相依

祖母独自在后山等着祖父，跟多年前一样

在墓碑前我们轻松谈笑，说些老人爱听的话

看起来像并不清楚两世之隔

事实上，悲伤在出殡时都一并埋下了

风培植物般，散落于重庆、浙江、广东、江苏

七零八落的子孙们，各渡着各的劫

是的，已经不会悲伤，不再复制悲伤了

除了越远的人，越会频繁做梦之外

一切没有丝毫变化

我们依旧称此地为故乡

每年在他们最在乎的日子，团聚两次

报喜，也报忧

青春祭

走出荟文楼，我们一头扎进暴雨里。七月
七月，雨真大呀
落在桃花山，落在田家炳书院
落在后街拥挤的天桥上
我们呼喊狂奔，嘲笑
匆匆车流，与热心肠的持伞人互不信任
无约束身。挥霍，依然要无度挥霍
挥霍仿佛是我们的信仰
自由的第一个出口，仿佛入口

胡言乱语，当时的道别就如胡言乱语
那白莲花般的爱情与梦想啊
最后我们掐断了107繁忙的电话线
那一条绚丽的线索啊。行署楼前
嘉陵江畔，珠江1000捕捉了圆脸方脸瓜子脸
没有"秀秀"，在那不可篡改的青春

那时，雨不是离散，成长仅仅是成长呵
没有失去，也没有老去

会议室观雨

业绩平平，舌长于手足之人
在接受着嘉奖和赞美
这小小的世间小小的乱象啊——
虽经时疫，自然法则依然在被打乱
一场雨多日后才赶上预报，还有多少
正赶路的预言等待兑现呢?
来吧，掌声响起来

奇怪，是隔音阻尼胶屏蔽了外界
还是外界在拒绝一场仪式?

敬畏雷声的人颇懂礼数，他退到了屋檐下
这季鲜花已悉数绽放
像一幅抽象画，一小部分未能直直落地的雨点
有了转折，或者停顿、碰撞
他们不是一帆风顺的，他们获取了另外一种音符

慢生活

渐渐喜欢一些缓慢的事物
酝酿许久或是徐徐降落的雨水
三番五次不能结束的道别或是算得上
遥远的等待，都让我心安
宁愿持续周而复始的生活也不愿疾行、远行
害怕耳边响起呼呼风声
害怕波澜不惊的生活被投以闪电
也不太愿意多说话了，语速影响着时间
喜欢在节假日回趟老家，看看
那些恒久不变的山谷，看看
整天坐在屋前木椅上的祖父和疾病缠身的婶子
如何珍惜每一个冗长拖沓的日子

在花店

卖花的女人小腹有疤痕
竖切刀口,拖着一截无法抽出的小线头
如我看上墙角的绿雏
她一眼看中了我的面斑和眼角纹
这个傍晚啊,没有晚霞
天空像被反复擦拭过的旧墙
我以深入骨子的顽疾抗拒着红色的花朵
而她有数条宣言,字字诛心
地心引力下她托起空空的纤维袋
差点就消解掉生养带给我的无限满足感……

在阴天,卖花的女人会蛊惑术
她说花圃里有冰镇面膜,花语为救赎

自　由

可以的话，我想把我放回海里
淡水湖也成，定要是连着河流的那种
那里风平浪静，或波涛汹涌
我都不在乎
对了，最好不要有鸬鹚
被颂扬与被观赏的事物多么令人心痛
我必定还会再次搁浅，那么
好心人，千万不要再将我捡拾
上苍给了你的善良并没有附带
水域，或者湿地
就等着涨潮吧，浪花那么霸道而柔软
他能救赎我，定就有那么一刻
溶于水，亦浮于水

相信爱情

姥姥走了整三年
姥爷每天都到坟头，把留给自己的那扇门
推开
跟姥姥说话
一说就说了 1095 天

这几天说完话回来，他老是
一个劲地叹气
问了很久，一辈子没掉过一滴泪的他
哭了，他说
那扇门越来越紧
姥姥一定是等得太久，生气了
他担心再不过去，姥姥
不会再给他留着门了

说这些的时候，86 岁的他
手抖得厉害
手里的筷子掉了一支到地上

像外婆那样

像外婆做过的那样，找一块阳光最乐意待的地方
最好在两棵果树间，架起一根竹竿
踮起小脚，铺开一床褥子

像外婆做过的那样，一只手撑着腰，一只手放在额前
抬头看看天，笑着说： 这阳光，不敢看呐
眯着眼睛，又再看一次

像外婆做过的那样，搬两把小凳，一把坐着
一把放上一个装着针线和布块的米筛，躲在褥子的
影子下，扎出一排排针脚

像外婆做过的那样，准备一根小竹条，隔上一会儿
又去把褥子从头到尾，拍打一遍，反复地说
瞧，瞧，早该晒晒了

像外婆做过的那样，一直等太阳下山了，用脸去试试
褥子的温度，然后像抱着自己的孩子一样
乐颠颠地，往屋子里跑

对了，还得像外婆那样，对一个躺在藤椅里，心不在

焉地摇着扇

哼小曲儿的男人，轻声地说：　你看，这样的天气，

　要是

不去晒晒褥子，就太可惜了

美德颂

因为过度磨损，母亲右膝的半月板
在她还不到 65 岁这年
比她本人率先走到了 90 岁，甚至 100 岁以上
完全磨灭掉，消失了
但母亲坚持 CT 不可信，且认定医生所说
往往夸大其词
"过几天就会好了""是有一点点儿痛"
她反过来安慰着我们，轻描淡写这种刻骨的痛
并在疼痛稍有缓解时继续劳作

相比她贸然恢复劳作
我更害怕她听信了医生的话，怕她现在才明白
最终让我们的身体领受伤痛的
正是我们所具备的种种美德
—— 勤劳、忠贞、宽容、爱和坚持

抢旗帜

小时候，我们爱玩一个游戏
手心手背分成两队，地坝中间画一条线
用四至七根小树条作旗帜
放在两队后面大致相等的距离处
先抢光对方旗帜的一队为胜
虽是游戏，虚张声势、声东击西
心理战、疲劳战，等等
战略战术都是齐备的
多少无忧时光，跑着
跑着，就跑散了
大部分人跑进城了，跑外省了，越跑越远了
捂着各自心中的旗帜，去进攻与防守

游戏结束后，我们通常都不再管
自己的和抢来的旗帜
一把小树条，成了灶膛里的生火柴
谁会想到呢，这样的游戏
会与多年后我们的守护和争取，不经意间取得了关联

微生物的爱

这样看来，一群形体微小、构造简单的生物
在牢牢控制着我们的一切
很好，那些罪恶的欲望就有了可推卸的下家
但可怕的是，这包括了爱
我们无力去爱时还竭尽全力要付出的爱
不该去爱时，还盲目疯狂要构建的爱
以爱命名的种种感受，像是发自于体内
也像是来源于外界
我们一直不能主宰的，包括了爱
我们总算意识到了这种危机与奇妙，但这意识
也只是另一种生物简单的需求表述
不得不说，科学与真相总有着惊人的相似之处
多数人因为无知，获得到无尽的爱
让少数人喜极而泣

高空秋千

所有脱离地面的行走，都应该是向下的
他在高空，以钟摆的姿态尝试了飞翔
只看到了无尽浩瀚和空无
"每种命悬一线都是失声的，没有幻想的"
推他下悬崖的人，最终救起了他

天黑请闭眼

"预言家误会了女巫，错杀猎人并遭受

与之同归于尽的命运"

在这个极为糟糕的过程中，我

扮演了关键的角色

这个事情长时间被同伴作为反面案例口口相传

都没有关系，真的

如果大白天随处都是运用自如的掩饰

与振振有词的谎言

智慧与勇气还重要吗？身份与技能还需要吗？

不，傻子出现了，大结局要逆转

猎 人

此处四面环山，低凹
主人引水造了水池，有种造作的沦陷美
据说不久后会有万亩花开
想来那时会增进一种簇拥炸裂之美
但这样的美不适合深入
没有村民，方圆百里都不见谷物之类
没有谷物，也未见一兽半禽
只有美与爱美一拍即合，单调，轻浮
这种氛围与狼人杀游戏高度重叠，不算巧合
看： 猎人丢了弓箭，改举手发言了
不再猎杀野兽山禽，改拉人下水了

乌　鸦

之前我只认识两种乌鸦
一种是喝水的，一种是反哺慈亲的
今天认识了第三种
搅局或者说是平衡局势的
这让我对鸟类的敬意又深了一层
站得高者，必是更明事理
飞得高者，必是更知恩报
而能扛起所有意外和不幸无罪之责的
必是深陷诽谤，正义的"乌合之众"
虽然，诽谤的力量越来越弱了

女 巫

我认为应该有个花环，色彩绚丽，闪闪发光
才配得上这个神职
我从没抽中过这个角色，很好
我可不愿同时怀揣着刀与解药
害怕失误啊，谨小慎微远不敌众口一词
害怕被期望啊，害怕乞讨般的咄咄逼人
但我依然认为这是个神圣的职责
认为应该有个花环，而且应是金银花和映山红

村民与狼人

那些被驱逐至北方苦寒的冰原，带着
诅咒的幸存者，在这个下午
一度蛰伏于我们每个人的身体之中
在快速循环的夜里高举刀斧，白天里循循诱导
用我们的口吻发声
——"我是好人，请相信我"

真像被魔鬼附身了，"我是好人，请相信我"
我们不确定这是不是自己发出的声音

爱情的样子

这次，我是丘比特
按照规则，用两个手势捆绑了好人与坏人
让一个性格内向的大龄男孩
与一个阳光坚毅的离异女子，成为
生死与共的情侣，相继背叛自己的团队……

这不像战争，也不像游戏了

我是天黑闭眼的丘比特，蒙眼射箭的丘比特
我制造随机盲目的爱恋，也制造
挑拨，中伤，污蔑，杀戮……

他说这世界上已经没有聪明人了

"没想到吧，可以免疫放逐复活发言的
竟然是一个不知所谓的痴呆角色"

在这个女性的节日里，因为一张牌
虚荣好斗的我们竟迅速达成了一致认知
像是突然成长了，又像是突然悟出真谛了
还互相劝慰： 不必崇拜天才，不必羡慕神童
不必敬畏那些有身份有技能的神职
甚至，有几个百合年龄的人
一下回到了茉莉阶段，娇俏起来
在接听爱人电话时，软绵绵地甩出一句：
白痴——

预言家

晚上会有烟花，会有高分贝的尖叫与激情
可我们不愿等到晚上了
来时的路崎岖不平，且大弯道加长下坡
暂时又没有找到另一条出山的路
大家一致认为该天黑前返程

这是一个充实的下午，我们扮冷酷
也扮无辜和善良，举起过冰冷锋利的剑
也慷慨地拿出过救命的药水
但更多的时候，是在蒙蒙的无法抉择
像我们看似平稳、千篇一律
却暗藏汹涌的境况
"好人为上，坏人为下"
查验出一个好人，惊喜远不及找准一个狼人

这是一个糟糕的下午，与放松的初衷背道而驰
后来，我们一致决定在天黑前返程

没有一个早晨是存在的

霜降已过，天似乎又提前亮开了
昨天雨下至深夜，弄花了很多张脸
比如这个院子
习惯，是我怎么也丢不开的孩子
磨蹭着，我们就到了跑道上

打着跑步的幌子，我一直在与时间较劲儿
不止是我，无论哪里，必然都会
遇着一些人，在跟青春、病痛、衰老较劲儿
瞧瞧，那群马步姿态拍手的人
正在作法

我长期用这个大口喘气的过程
清理脑磁盘。　一部分还给咄咄逼人的高楼
一部分扔给没有主见的江水
还有一些东西，像脂肪般，我想甩掉
又必须裹着过冬
这个时段出现的人，也都这样吧?

无论如何，在一个预设的点上
我们都会作一个鸟散状。　这里

从没有来过

清洁工的眼神充满慈爱，她们轻轻地就

取掉了我们假设的存在痕迹

飞行的纸张

在真正作废前，它完成了一次室内飞行
一首不成形的诗歌
它的灵魂，一度以飞机的形态上升

整个下午，我都在叠纸飞机
叠好一个，哈一口气，放飞一个
满屋子啊，都是纷飞的流年
都是静默的谈判，都是粉饰的世故
我折叠不尽的语言一度羞于平行
因为重于空气，它们依次
重重跌落

说谎的纸张

无论文件，还是票据
都不再被称呼为纸张了
按照生命的有效期，他们抵达物以类聚

木易生虫，虫喜咬心
铮亮的铁皮柜不易洞穿，可无限延长冬眠期
他们最先明白了大隐隐于市
潜伏在城市的每一道密码里
韬光养晦，伺机而动
每一个，都是守城的将领
也是屠城的勇士

结网的纸张

我刚刚重复了一遍自己的名字，在 8 点 35 分
与 8 点 34 分在这里停顿，同样
只是简单复述自己姓名的人
有过短暂的热情寒暄
两个人的手迹就这么固定于此，将恒久不变
像移动的事物突然粘到了蜘蛛网上
而真正的我们快速离开
去与更多的人相交，相离
这些看得见的横竖线条，只是穿插
我们存在和损耗的证据

无骨的纸张

仿佛是天赐魔法
进化后的便利贴，像风情万种的传道士
他们掌握了铁塔穿行术，热爱白色和
绿色，敬畏红色与黑色
他们喜窃听，大肆交头接耳
一切都是可以广而告之的
一切都是可以插上翅膀的

他们个体孤独，他们已不需要扶墙而立

湿水的纸张

已具备了布匹的一部分属性
谦卑，使她的姿态柔软如瀑

凡是这样，可抽取
或者卷曲的，被称为巾
还好，还好，总算有个领域不被色彩所累
她们再次以纯白为傲，以自然而然
为傲，以柔韧、顺从为傲
即便是面对一群不修边幅的外乡人
她们，也乐意轻抚而伺

旋转的纸张

在大雪最便关照之地
她们自愿禁足。一切筒状的木头啊
骨头啊，金银铜器啊
都是值得坚守，虔诚的殿宇

"我们以轴为心，我们
要旋转，顺时针不断、重复地旋转"
请放下你的疾苦悲伤
收起罪恶和怜悯之心
请平放大拇指，将她们轻轻拨动

"平凡的世人，你可是已脱了轮回之苦？"

鬼　城

1

被驯养过吗，不，是被驯服或者驯化过吗
一个人带着一群猴，也可能是
一只猴带着一群人，依次上山，再下山
带着虔诚的磕痕，拘谨，小心翼翼

没有什么是不能教化的

葱翠怡人，海拔288米的山中
数亿魂灵静静潜伏于光亮之外
他们，从不去提及某个上山的活人有过失足的经历
众神亦谦逊，不读人心

2

他们簇拥着一口气冲上33级天梯
在梯顶欢呼
仿佛真正实现了平步青云，扶摇直上
我远远地看着没有动。我不是

不想跟这个风

只是

我的祖父，还在按导游之前讲的方式，一遍遍

认真地抚摸着那个长寿碑

我肯定要牵着他

    3

有生之年，多练习平衡吧

要逆流而上，直到站上峰顶，站在

峰顶的荆棘与斧刃上

要跌入谷底，再生出翅膀，躲过

陷阱，又深陷纠纷

要不断地拥有，再失而复得

要爱，用力爱，恨过，还要爱

要在这不确定的人间，用完所有的完美与谎言

要干干净净，有一次游览名山的经历

要 60 秒，单脚，稳稳站立在一块鸡蛋大的考罪石上

    4

不要着迷于语言的杀伤力，一心想从嘴里吐出子弹头

多赞美阳光和大地，感恩温暖、广袤、包容

要规劝洗心涤虑，远离罪恶和侵犯

去祝福一切美好的生机

就这样，停留在正面，谨慎而片面地使用语言吧

它的穿透力，远不止于你的想象

——当我们还认为倒悬是一种境地，是

极难之境

殊不知，它已成为一种修辞，插手两界

——有神职，以倒悬为姓

在鬼城，清点你的言外之音

　　　　5

到目前，我登过最高的山便是玉龙雪山

4680 米的海拔处

看见了更远处的、无二样的雪

然后就是老屋背后的陈高岭

海拔 1300 米，能望见隔壁村社的另一座大山

我不知道真正登上高峰该是一种

什么样的感觉

除了更加敬畏辽阔与渺小之外，除了

验证一手遮天的隐喻之外

那触手可及的只能是幻境，即便，山顶有寺庙

即便，玉皇将九重天设在 200 余米的海拔

6

一个等字，要过多少年，才能演变为墩
一颗星星，要等多久，才会等到落地为石

你我本凡人，心中自然有忧患
但还不至于焦虑成疾，无药可解
大可不必存有动摇一颗星星或一块顽石的心思
来过，见过，敬过便好
你我不是他等的飞升客，他也不是你我的有缘人

7

我将我从人群中抽离，它将它从 6300 千米的
流水中抽离。我们对视，不说话
上重庆下汉口，这是它所有的来龙去脉
我感兴趣的正是它所包容的
往底不出三十级台阶，有植物的根，有种子发芽
通向幼苗的路上又堆起了新的沙子
再往底，靠上
有老城，有庙会，有香火始终高于水面
流水如若可以为界

由南向北，是一座城望着一座山

由北向南，是一个命数望着一个尘世

Ⅲ

缺角与修补

前方到站通远门

九开八闭 17 座城门，仅这一个完整之身
"这庇佑的城墙，希望之门啊——"
女人们蜂拥而入，想要开始繁衍生息
她们惶惶不安，急迫地要交出自己

叫号机终归是局外人，从不动声色
没有人反抗这样的设计缺陷。抗争
似乎 600 年前就已是一个替身

母亲的门槛

"我们天生被携带了至少一个缺角，或者
上万种可能性
现在必须要一一修补，偿还"

我受到结节和二聚体的困扰
我用身体养着的小家伙，突然跳出来
吓唬我，大概是在怪我对它们不够在意罢
所幸只是短暂的玩笑
一个朝上的箭头，差点儿
就阻止或者延缓了急迫的春耕

进　周

某些正常的生长进度必须慢下来
一些程序注定要紊乱。那又怎么样呢
她们异常兴奋
　（她们明知道别人不能理解这样的兴奋
又忍不住为这种不被理解的兴奋奔走相告）
已经不再有其他爱好了
手臂与针剂最先结盟。至于疼痛
是个隐匿的话题，事先已说好了不去挖
　（胜利者后来用胎记的模样描述它）

拥挤的民宅，热毛巾握成旗
三月的夜里，吹出五月的风

用接待上上宾的礼数

小小蝌蚪终于拥抱了偌大的泡泡
天使指着显微镜：
看，它们结合了，它们充满了能量
看，最可爱的毛毛虫诞生了……
焦急的母亲呈上最肥沃的土壤，筑起宫殿
她不再感觉到腰酸腹痛，她专注地作画
画好一个小王子，再画一个小公主
晒足阳光的西柚弓着腰，甜甜地笑：
欢迎你到来，小宝贝

好吧命运，我们再次听任你的分配

除了黄体酮渗透出隐隐的痛，她们无一
不在紧张，不在度日如年
"必须不停地往腹部输送储备
然后，在平层楼加倍小心地活动"
她们的声音一压再压，等
等一闪而过的刺痛，褐色的血滴，等一条红线
似乎任何事情，都不及这样紧张地度日如年

她们囚禁了自己，14 天后
一部分人发出惊叫，一部分人终于哭出声儿来

致 2202

我打算要离开这里了，像一个
获奖之人。我致谢老式空调、排气扇
致谢老房子的沉着，墙壁童孩儿执着的笑
致谢平直、无弯道的出口
我不确定在哪种情形下，这里会被再次
提及。我不确定提及坐标，还是庇护
我会给厨房的山药芽再浇一次水
还没发现窗，它一直巴着燃气管道往上爬
我会向房主坦白：
入住的时候，我们只登记了两个人
事实上不止两个
不过，她可能早就知道了

奇妙的多普勒

日子按周计算，每一天都值得纪念
而这天又更加特别——
我贴心而聪慧的孩子
成功破译多普勒密码，铆足劲儿发动小火车
况次况次，扑通扑通……
真不可思议，有着无限创造力与活力的小家伙
一下就找准了与我交好的近道
我忍不住躺平，为他们铺起笔直的轨道

比喻式

是的，他们已经开始主动索取，扩充地盘
挤对我的内脏和良好的胃口，拳打脚踢时
带着委屈：　妈妈，房子小了，真的小了

一想到他们拥挤不堪的泳池，我的愧疚感
就越来越强烈，愧疚于
曾经骄傲的体重和线条，曾经不羁的挥霍
而更怀愧疚的是我的母亲，她小心翼翼地
煮消夜，给我换大号棉袜，赞美我的雀斑
说我挺起大肚子时，像内衣秀挺起了胸脯
也像被解放者挺直了脊梁
她常常这样，让我忽略掉我的那部分愧疚
忽略掉蹩脚的比喻本身，笑出声音来

被局限的爱

先生，你一定没有尝试过左侧卧
在腹部垫起斜坡枕，最轻柔地讲最简单的故事
你也无须尝试，你没有密道，没有宫殿
没有红颜色通道和有限的周期透明带
没有蛰伏体内但直达心窝的灰黑线条

很遗憾先生，你不能轻拍着小腹
声情并茂，像一个温顺的神经质

你凭什么去爱甜品

葡萄糖水在体内游走，我不担心它们迷路
我觉得还可以加巧克力，加奶油
或者更甜蜜的东西
只有甜，配得上肋骨的痛，耻骨的痛
配得上血液顺溜地唱着歌，温热而蓬勃

看，数字似乎宽容于我呢
就像宽容你广袤的幼蛙池
天生满满的果糖和蛋白质。就像我
宽容你带着缺点，简单的爱

岩 洞

将来有一天，孩子们可能也会拽着我的衣角
一本正经地问： 妈妈我是捡来的吗
我会继续用外祖母和母亲的语气回答：
是的啊，就在那个岩洞呢
可这城市里，哪里有岩洞供我去指认
我只能告诉他们，岩洞就像公交站不醒目的长椅
像楼道转角处半掩的门，像小区隐蔽处的垃圾桶……

相信他们有一天会明白的。说不定他们会写诗
会说： 真是巧合呢，几滴雨轻轻落下
恰好砸中，一两个刚刚冒出的新念头

铁核桃

核桃来自大山老树，骨骼如铁
我自然有打开他的办法，比如开门
再假装要关上
他送达的地图满是皱褶，但路径清晰
我懂他低浓度的甜和保守的智慧
如懂我慈善的母亲
懂她简单直接的关爱，止于
温和的粥从碗里到我的胃里，止于
岁月无声，我的脚步轻盈地迈进老家堂屋

615 的海

不宜出游的春天，我在这里找到了海
有阳光没有夜晚，温暖明亮的海
有橄榄油有川贝，充满钙质的海
两个看上去还皱巴巴的家伙，也找到了他们的海
大于 3 小于 8 厘米深度的海
有矿物质，有尿酸尿素，微波荡漾的海

我的海紧紧包裹着他们的海
我坚持计算他们遨游的频率，每天三小时
计至初夏，直到他们上岸来

再致 2202

等我的孩子会走路说话了，我要
带他到这儿来，告诉他：
他的父母不是在这儿相爱的
却因为在这里找回了他，更懂得了爱
这儿的清洁工在每天早上五点半开始扫街
但这里没有街，只有长长的两条巷道
一条平躺，一条竖立
每次窄窄的天刚被她擦亮，母亲
就会听到美妙的鸟叫。但这儿
看不到鸟，没有藏着雏鸟的树梢和屋檐
我要带他爬上那条竖立的巷道
在最高一级的台阶上，指着
可能已有裂缝的墙，听他脆生生地念：
国以民为本——。并如实地告诉他：
本，就是草木的根

待产包与小女人

糊涂的女人啊，傻傻的女人
迷恋一小片三角碎花布上最棉柔的想象力
"这是有 N 种系戴方式的头巾，适合每一个
受宠的公主和王子"
她为自己的设定欢喜不已，除了围嘴围兜
她还有更多的小事物要展示，除了展示给身边的人
她还把它们晾晒到了窗外，展示给风和阳光
她甚至把自己缩小放进包被里，嗲嗲地说： 看
这世界真是越小越可爱——

静静的围产期

我持续对一些概念和数值充满兴趣与敬畏

且不亚于我对生活的兴趣与敬畏

同时，脚踝以下开始更松润，整个身体

开启了另一种柔软，部分胶原纤维

默默断裂，炸出粉红色火花与小波纹

带一些疼，也带一些安抚

每一个四月都不及这个四月从容

当阳光穿过湿答答的堡坎，稳稳落在分类晾晒的衣
　物上

即将见面的孩子，正以脉搏跳动的节奏

勤奋地练习吞咽

礼　物

我想给他们最好的，找来找去
发现攒了三十多年，只有两样东西能拿出手
于是，大儿子随了我的民族
小儿子随了我的姓
刚好，他说他也是

真是庆幸啊，我们刚好有不同的民族和姓氏
能让这一次给予均等又便于区分
庆幸啊，我们就这样
将民族与姓氏，代代相传

夜　晚

弯弯的月亮躲在床铃旁
小小的王子藏在棉花乡
"来呀来呀，来为我充上电，来点亮我
来关照朦胧的小世界"
"来呀来呀，来拍拍我的肩
轻轻取开我沾着蜜的手，来探索我的小世界"

她总是蹑手蹑脚，带着手势
像哑巴一样说话
总是有点儿犯困
迷恋 30 摄氏度的水温与轻度的摇晃
"夜里的一切依然无比清晰，每一个易惊醒的
夜晚，都无比坚定"
她总是一惊一乍，有时一声惊呼
"啊，出牙了！"

花　语

这一期，花艺师配掉的是火龙珠
配重了六出花。没关系
搭上康乃馨、拉丝菊、玫瑰、火焰兰
我仍然觉得无比漂亮
是啊，思恋可以短暂失踪，期待可以偶尔加重
错误或者失误，往往就是另一种命数
它依旧散发着浓郁的魅力

我能包容的事物越来越多了
我不得不相信，我已经在开始慢慢老去
我能放下的事物也越来越多了
儿子粉嘟嘟的小手紧紧攥着我的无名指
看，不戴钻戒，不涂指甲
我依旧指若春葱，被孩子们深深依赖

哇!

他总是拍着双手大声欢呼： 哇——

从哇哇大哭的哇，到哇塞的哇
他只用了两岁的时间
而我为了这个"哇" 字，潜心修炼了三十多年
为了继续享用这个"哇" 字
我还可以放弃很多东西，包括梦想和消遣
可以专注于管道积木和简笔画，整日，又整日
可以明目张胆地撒谎，比如：
称泡沫块为石头，将决明子叫作沙

神的暗示

大儿子的胎记没有随着他会走路
会说话而变小、变浅
母亲严肃地对我说：
"你要对他好点，这个被打来的小家伙
不知道挨了多重的棍子才留下了这印记"
说着说着，眼圈就要红了
说得我也无比感动又内疚
"是呀，他当时是多么不情愿来我这儿啊"
"我太狠心了，还特地从乡里挑了根竹条"
当我就要开始检讨我曾经是否做错
或者触犯过什么时
母亲及时将熟睡的孩子放回到我怀里
她指了指窗外闪烁的夜空

练　习

从没有教或者引导过
刚两岁的他突然热衷于为我穿鞋子
从鞋柜里准确地拿出我的鞋
放到我所在的地方，床边、沙发边、门口……
快乐地蹲着或者跪着，反复而专注地穿
像在玩一个玩具
更像在练习一门手艺

我不厌其烦地配合他，他还需要
练习更多的东西，备用于多年之后
对我的不厌其烦
比如容忍我唠唠叨叨，洗不太干净碗筷
莫名发脾气，跟他的妻子不能完全亲如母女
还能牵着我皱巴巴的手过马路
上下梯坎

名字说

他们不能像一部分同年孩子那样
清楚地叫出父母亲的名字
问急了会说： 峰峰峰，琼琼琼
挺好的，这稚嫩的昵称
不腻歪，也不冷硬
两年前在高危产龄下迎来他们，一个小小意外
使我未能在第一时间拥抱他们并
赋予他们响亮的乳名
但这并不影响我们血肉相连
生命广袤而神秘，一切迟缓的水到渠成
总有它的用意
没什么可担忧和怀疑的，我的孩子们
从小就懂得适度的礼数和回避

蛋糕辞

小小的挖掘机黏着甜甜的泥，小小的臂膀
摇摇晃晃，不断挖出宝藏
"白白的奶油像绵羊送给爸爸
红红的草莓像宝石送给妈妈
巧克力豆像珍珠送给姐姐……"
他开着工程车，驰骋在旋转的玻璃桌上
挖取与分送让他不断发出欢呼
与生俱来的、全身心投入的愉悦闪闪发光

"已经完全无法回忆起来了
我们是怎样一点点圈养出这有所顾忌的情绪"

孩子，妈妈从不希望你快快长大
这人间，真的是越小越充盈，越大越空旷

小 树

从堡坎缝隙里长出来的小树没有名字

听天由命地生，听天由命地长

"如果其他的树有朋友，这棵树将是多么孤单"

那天夜里，儿子指着窗玻璃喊：　怕

我看到那棵树的影子，在

反复敲打着我们的窗玻璃

一棵小树苗，他看到了另外一棵

一棵小树苗不想再孤单的诉求，竟然就

惊吓到了另外的小树苗

江边看鸟

孩子，今天跟之前和今后的每天一样平凡

母亲的日志无关游轮，无关赏鸟

无关你们兴奋地捡拾片片落叶

母亲只记录一句话：

"清洁阿姨素不相识，对你们赠予了亲切的赞语

没有一瞬间的思考和犹豫"

孩子，这江边盘旋的群鸟不一定叫海鸥

不一定正在迁徙途中

不一定非得吃炸至金黄的小鱼

炸鱼的老翁，不一定心中只有飞鸟

母亲要带你们看的，不是这些似是而非的可能

孩子，很多事物名不副实，但可怜可爱

很多事情事出无因，但情有可原

乘电梯

孩子用收纳盒在沙发前围成一个方形
叫我进去，说：
妈妈坐好了，电梯启动，上——下——
我问这是电梯吗，他肯定地说是
坐第三遍时我反应过来
他做的是一个轿厢
坐第五遍时，我找到了升降感
并按他的提示抓好扶手，他的小手
又反复坐了很多趟后，他拿开一个收纳盒
说： 妈妈，到了，下去吧
我迈出轿厢，没有问他我到了哪里
我不想往他两岁多的脑子里，灌输些
没有漏洞的假设
而让我的起点站和终点站在他这里重叠
便是最没有漏洞的假设

回 来

陪孩子们去看火车过隧道，看
车厢一节节从这座山里
钻出来，再一节节钻进对面那座山里
在第一辆火车过去后，每一辆火车经过
他们都惊呼： 又回来了，又回来了
我也跟着他们喊： 又回来了，又回来了

那天，他们看到一辆火车在大山里转圈圈
那天，我看到眼前的火车，心中的火车
梦中的火车，都围着我的孩子
呼哧、呼哧……
哐当、哐当……转圈圈

我要你大声笑

这次，他让我正对着他，然后噘着小嘴
舌头顶着上颚左右滑动，发出"啰啰啰"的声音
还是那么可爱，还是忍不住要笑
"妈妈，你开心啵！"
"妈妈，你要笑呀，要大声地笑哦！"
该怎么说这三岁半的小家伙呢
将我拿捏得紧紧的
一手点我的笑虎穴，一手拧着催泪弹

发如雪，还是如霜呀

母亲告诉我，孩子们每笑一次
我就会慢慢生出一根白发
那么，菠菜、木耳、西兰花，都给我加上
还有大豆、桑葚子、墨旱莲一样都不能少
可别笑我已到中年还这么热衷于长发
——多美好的岁月流逝啊
他们茂密如林的笑容，折射于我的头发上

好的,好的

总被人在睡梦中呼喊,本就是很幸福的事
何况他是我三岁的孩子
所以,他说要糖果,我说好的好的
要玩具,我说好的好的
要抱抱,我说好的好的
就算是纯粹喊喊,或带点哭闹,在他的睡梦中
将我从我的睡梦中喊醒
我也会立刻轻抚他,复述着我爱他
有一次,他突然嘟着嘴说不喜欢妈妈了
我也说好的好的,说完,赶紧钻进他的睡梦里
请求他的谅解和依赖

泡泡的秘密

我肯定不是第一个捕捉泡泡的人
但我很可能是最先发现这个秘密的人
———一颗泡泡紧紧包裹着一条绚烂多彩的鱼
这让我无比紧张，这种紧张甚至大于
看见池塘的鱼频繁吐出求救信号
我再一次为我的平凡暗淡感到欣慰
失去某些关照的同时，远离了陷阱和桎梏
而一直环绕护佑着我的水分子
它无形无影，且结构稳固

落叶如春

风吹过，树叶稀稀拉拉往下掉

飘呀飘，飘进了屋子，掉在小宝的小画板上

小宝数了，有五片

五颜六色的五，五彩缤纷的五

五星红旗的五

小宝瞧了，一片像春天

一片像夏天，一片像秋天，一片像冬天

还有一片像——

呀

小宝咯咯笑了

是春天，又来了一个春天

在雪中

多年前，我们也是这样
拿水瓢接住半空中飘飞的雪片
大清早去雪地上踩出串串脚印，堆一个比自己大的
　雪人
也将雪球架在炉火上，烤得吱吱响
我们也曾那样热爱着雪的个体和片面
爱着它们小范围的集聚，并因此
获得过不少的快乐
那时候我们还小啊，下雪就不出村子了
不知雪的边界和外围
像恭顺的白萝卜，暖暖地藏在雪堆里

呼　唤

母亲说：这大雪如果再垫个三五天
不知会有多少鸟儿会被饿死
于是孩子们不断往门口张望
一见有鸟飞过
就跑去挥手大喊：快下来，我们给你饼干吃
给你奶酪棒吃，给你香蕉吃……
他们一整天都没有喊下来一只鸟
但是，不断有积雪，主动从树上走下来

碰　撞

我知道，孩子们将松软的雪球精准地扔向我
之后
那持续良久的开怀大笑声，不是
来自击中某个目标的成就感
而仅仅是因为
碰撞，——但他们对此也毫不知情

雪球也真是好搭档啊，好几次撞我的脖颈
提醒我笑得还不够走心

那些料峭而柔软的

可以打水仗，滑水，但不是在大冬天
但不能捏水团，不能堆出一个水人
也不能在水蒸气上留脚印，不能跟水蒸气合影
用手指在水蒸气上写祝福语
所以，雪的降临
就像是刻意替它的前世与来生，来讨好
亲近和娇惯我们的孩子

偎着炉火想到这些，突然对三九大寒心生愧意

女人的战区

"已经有五百万战利品诞生
绝对不止一千万人因此重获了幸福"
女人们像抓住了新稻草
但得回避谈论成功率，那实在
太让人不安
更多的时候，她们安静谨慎
测体温，算周期，查 PH 值
袒露于无影灯下，咬牙、哈气
仿佛是在做一道佛事，敢于直面
形体大变，衰老提前

古城墙门随手打乱我的回避之心，手臂和小腹的蚂蚁
接踵而至，我想起来它们的名字
似痛，非痛

二楼有长长的悬空过道

长椅上的女子喜怒交加
10ml 碘油打破了她七年的愧疚和自闭
她悬在半空，微微前倾，眼神涣散
她不知道接下来该做什么，于是依次去找
早上刚结识的四个姐妹
她们分别排在： 抽血窗口外长长的走廊尽头
B 超室 27 号，候诊室 B31 号，注射室 279 号
碘油不是分类的绝对，闯关
需要抱团取暖

数字化的隐私犹如皇帝的新装

体内犹如植入了一枚镜子
内部结构与缺陷越来越清晰

被不断翻阅的女人，再不把自己比作一本
值得，或者需要品读的书了
她觉得她的袒露是如此不具美感与诱惑力
她突然对一个愿意接受自己的人充满了
感激
但她不想哭！
握紧一张张沉默的报告单，她咬了咬牙关

这里的达,是抵达的达

过道里的上午充满了急切的询问:"达菲林
有人分针吗——""达必佳,有人分针吗——"
(分子略有不同的姐妹,常常会被误认
会引起一阵短暂的恐慌)
分针,不再是 60 秒动一下的呆板复读,而是比
60 秒更为急迫的细心诱导
这种诱导,高于引诱,高于启迪
像奇特的泡泡机,轻轻吹出来一批等大的泡泡来

移植顶楼的比喻

"有人拿着马桶刷，用刷马桶的方式
清洗你的内部组织"
这样的传话多次让血压计报警，心率器报警
但没有什么是不敢攻克的
除了水杯和塑料盆，她们甩开所有身外之物
毅然推开重重的铁门
将自己摆成几个大写的 V，举起身份证：
我是×××，我已做好了所有准备

跷跷板

内心不断强大，以至吸取了手部的部分力量
"就快要无缚鸡之力了"
手中文件袋最先换小的人，走在了队伍的最前面
按程序，最先自觉囚禁起来
"都说女人只有一天的公主、一年的皇后待遇
那我这是赚了近半月……"
她不禁失笑，但又不便大笑
她强按住汹涌波涛，看书，听轻音乐
迈着碎步，细声说话
俨然一个遛遢的大家闺秀

走出来的人

有人走了出来，黄体酮药箱替代了背包
喜悦充斥着她的审美与矜持
（这种美也许有一天会被广泛认可）
"我必须要更加珍爱自己并倍加呵护"
还不便张扬子嗣，她强调了
事实存在着的"自己"

我攥着 08769 的编号，与每一个迎面走过的姐妹
擦身而过没有相认。有多少隔日倍翻的血值
比率，就有多少反比的无奈白杠
我没有力度合适的拥抱

我中有你

余额清零，编号保留
这里注定是我还会关注的地方
百分之二十的概率参加过一次培养箱科研实验
百分之四十中的百分之十的幸运者之一
我，可以获赠 200 元交通或者营养补助
我坚信，零下 196 度的液氮温暖如子宫
嘿，我的孩子
你们还有四个弟、妹呢

雨　后

细雨渐停，风雨中矗立 600 多年的古城墙上
恢复了如织人流
不断有叉腰缓行的女子出现
如果再起战事，这些女子即是英雄的母亲
不过，她们不会进入史册
她们将汇集另一批真正被定义为不幸的人
静静地走进调查报告
化作一个变动的数字

一号线转三号线转六号线

换个地方安营扎寨吧
顺道送送那些被安排弃甲归家的人

已经基本忘记了如何蹦跳和快步行走
从地底下移动更平稳安全
副作用也不是一无是处，至少
能让她们看起来更像有孕之身，这更利于
在拥挤中寻找到缓行的空隙
有人起身让座，她认为这是好的预兆
新的战地充满了期望：已经不再是一个人战斗了

等待叶片破土的过程同样如履薄冰

总预想两天后的轻适。事实上两天在不断复制
胆战心惊也在不断加码
适当扩大的活动范围内危机重重
避开了噪声和辐射，避开了暴力和血腥呈现
避开了一切寒性定义
但漏洞总在
"它性温味甘，益心脾，补气血。而我
头昏脑涨，食不知味……"
一颗桂圆便轻易击垮了所剩无几的松弛度
让她三天不敢翻身，不敢下地

后　厨

主外之人脱去西装，渐渐适应了整日的
葱姜蒜，还渐生起八卦之心
他们拎着西兰花、卷心菜、猕猴桃，总能
在电梯口，或者楼道撞见同路人
　"隔壁的做 NT 时查出 SD 值偏高"
　"楼下的一超发现胚胎分裂"
　"……"
他们各自小跑回屋，将信息快速过滤
并细声转述，然后系上围裙
翻阅小红书

毕业典礼

第二个 14 天到来，借助一张相纸
她们看到，曾脱离过土壤的那颗种子
现在真的发芽了
长出来至少 0.2 厘米的叶片
有的一枚，有的两枚
"它们正在疾速奋力成长，过不了多久就能
听到心率搏动……"
取片处，母亲们蜗牛般地奔走相告
"终于毕业啦——"

没有任何移交手续，来自五湖四海的
将分散回五湖四海，去建档，用新身份
去开始以周记日

后　记

冲刺容易拉扯到旧补丁
所幸，保温箱能填补她们大部分的力量短板
见面就有或长或短的骨肉分离
但她们很感激这样的安排，不觉得有什么
在情理之外，她们需要这一层玻璃
来缓解喜悦，来适应这份恩赐
来体验六脏六腑之身如此完整

在身上穿针引线的人慈眉善目，她见证着
爱，有了性别，开始持续疯狂生长

图书在版编目（CIP）数据

你住几支路 / 隆玲琼著. --武汉：长江文艺出版
社，2022.5
ISBN 978-7-5702-2520-0

Ⅰ. ①你… Ⅱ. ①隆… Ⅲ. ①诗集－中国－当代
Ⅳ. ①I227

中国版本图书馆 CIP 数据核字 (2022) 第 022758 号

你住几支路
NI ZHU JI ZHI LU

责任编辑：胡　璇　　　　　　　责任校对：毛季慧
封面设计：源画设计　　　　　　责任印制：邱　莉　　王光兴

出版：长江出版传媒　　长江文艺出版社
地址：武汉市雄楚大街 268 号　　　邮编：430070
发行：长江文艺出版社
http://www.cjlap.com
印刷：湖北新华印务有限公司

开本：880 毫米×1230 毫米　　1/32　　印张：5.875　　插页：6 页
版次：2022 年 5 月第 1 版　　　2022 年 5 月第 1 次印刷
行数：3975 行

定价：58.00 元